MUISTELMANI

Helli Karimus

MUISTELMANI

Muistelmani
© 2018 Helli Karimus
Julkaisija Books on Gemand, Helsinki, Suomi
Valmistaja: Books on Demand, Norderstedt, Saksa
Julkaisuvuosi 2018
Tekijä: Helli Karimus
ISBN: 978-952-80-0734-0

Alkusanat

Tässä muistelmiani, joita aika on värittänyt.
Kaikki ei ehkä ole justiinsa oikein, pahoitteluni.

Kunnioittaen Helli Karimus

Osa 1

Ennen aikaan kerjuulla

1.

Hyvä jos leipäpalan saa talosta sekä maitotilkan. Sillä eletään jo hiukan
matkaa. Hyvä jos yösijan saa ladossa. Heiniä yllä, heiniä alla. Hyvä on
olla, nukkuakin saa kunnolla. Kun latoon paistaa kuu, sen valossa vähän
näkeekin eteensä. Ei ollut mitään kaaosta ennen aikaan. Tyytyä saa hei-
nänkorsiin. Myöskin matkalaisten hevonen levähtää sekin. Niin kuin
koko perhe. Nukutaan aamuun asti. Sitten syödään leipää, juodaan vet-
tä. Maito ei riitä kuin lapsille.

2.

Niin on matkassa kallis lasti. Hevonen vie perille asti. Eteenpäin, eteen-
päin kärrit vie matkalaisia. Tuvassa viivähdetään tovi. Tehdään joitain
kauppoja, vaihdetaan tavaroita. Liinat kyytiä saa sekä tinatuoppi. Mitä
kaikkea on matkassa miertolaisten? Kaikki ei käy, täytyy jatkaa matkaa.
Osin jalan, niin on huonot tiet. Vaan matkaa jatketaan toiseen pitäjään
kauppoja tekemään. Toisen isännän nään. Sekä emännän. Niin ollaan
ylpeitä itsestään. Sitten markkinoille riennetään. Eukko saa lankaa, mistä
kutoa. Tyttö saa lettinauhat. Poika saa keinuhevosen. Syödään ja juo-

daan paremmin. Hevoskaupoilla rikastuttiin. Taas uudelleen rakastuttiin.

3.

Kärryn alla nukuttiin, vähän matkan päässä markkinatorista. Siellä oli jos jotakin myytävänä. Ruokaa, vihanneksia, leipää, voita. Juustoa, makkaraa. Perunoita, mitä nyt maalaiset tarjoaa. Sitten tehtiin itse perunasoppaa. Omissa kattiloissa, astioissa. Avotulella vaan. Siitäkös konstaapelille sana kiiri. Hiljaa oli joka hiiri, ettei joutunut piiriin. Äkkiä sammutettiin tulet. Kun konstaapeli jatkoi matkaa, alkoi uusi nuotio iloisesti lämmittää. Tuli valmiiksi perunasoppa. Ai jai, siitä nautti koko kroppa. Miten maistuikin. Oman eukon tekemä. Mies vaan vahti tulta. Puita kantoi. Kaikki ruokarauhan antoi, lapsetkin. Tauko oli paikallaan.

4.

Melkein kohta nukuttiin. Yö sujui mustalaisten. Aamulla vaatteet säkkeihin pakattiin. Rahdattiin vielä markkinapaikalle jotain katsomaan, muka ostamaan. Hienoja kelloja, kauniita koruja. Rihkamaa, hienoja piironkeja, tuoleja. Posliineja, astioita myytävänä. Vehnäkset ostettiin. Matkaa jatkettiin. Tien puoleen pysähdyttiin. Tehtiin avotuli taas, jossa hiilloksella kahvi tuli valmiiksi. Maitoakin oli. Suli vehnäset suuhun. Lapset tietysti nukkumaan. Nukkuivat jo matkalla hevoskärryihin. Niin oli sekin reissu tehty. Maantie jatkui vaan. Pitkään, lyhyeen. Aina jatkui.

5.

Matkalaiset väsyi. Tietenkin väliin nukuttiin, kunnes taas toiseen taloon riennettiin. Sieltä riensi joku auttamaan matkalaisia, maantien herrana. Kulkien monen oven sulkien. Monen mutkan taittaen. Monen oven avaten, sulkien. Palasi uudestaan, kun oli tarvetta vaan. Väliin tutuksi käyden, talon väelle. Markkinoilta palatessaan oli mukaan tullut: Leipää voita, makkaraa. Perunoita, mausteita ja maitoa. Jo sai uuden sopan alulle itse. Ei tarvinnut talosta pyytää. Siellä markkinoilla meni maine mustalaisten.

6.

Minkälaisen miertolaisen. Maantien kutsuun vastaten kiersi mustalainen. Niin outo muukalainen. Tien tunsi omakseen, sille aina palasi. Uudestaan ja uudestaan kiersi. Niin kuin ei muuta paikkaa olisikaan kuin maantie. Pakon sanelemaa, ehkä. Niin kuin olikin. Maantie vie eteenpäin. Eteenpäin oli mieli mustalaisten, niin liikkuvaisten. Maantie eessä on, kiertolaisten mieli vallaton. Halu kiertämään saa, kun ei muuta paikkaa olekaan kuin kärryn alle sadetta pitämään. Kului yö yön perään palellen, kun ei aina saanut yösijaa taloissa. Jaloitella täytyy taas. Viemään hevonenkin syömään nurmea. Aamiaista laittaa kuin kunnon herrasväki.

7.

Monessa talossa sanottiin: "Hus, mustalaisia ei tänne otetakaan." – Vielä kirosi isäntä mustalaiset maan alimpaan helvettiin. Isä kirosi takaisin talon. Lähdimme pois. Niinhän sanotaan: mustalasilla on kiertävä veri. Niinhän muidenkin veri kiertää, samalla lailla kuin mustalaisen. Sanotaan, että haluaa kiertää – ei se useinkaan ole niin mutta että mustalaiset ovat vaeltajia sielultaan. Monessa talossa kuitenkin sanottiin: "Tervetuloa koko sakki. Sisälle asti." Niin nukuttiin väentuvassa. Omien nyyttien kanssa. Uuni oli lämmin. En tiedä, pääsikö saunaan.

8.

Kun äiti sanoi: "Kaikkia ei huolittu saunaankaan", niin miten on? Pakkohan on kiertää, kun henkeä hiertää. Onko tilanne mahdoton? Kun ei ollut talvella muuta majapaikkaa kuin taloissa ihmisten. Kylmä oli. Pakkasta paljon. Lapset ainakin oli saatava sisälle, pakkaselta turvaan. Kunhan leipäpalan saa, vesitilkan! Sekä yösijan, se oli jo paljon. Niin oli hyvä

8

mieli. Miertolaisen, kiertolaisen. Mitä vaellusviettiin tuli, niin pakon sanelemaa se vaan oli. Puute, kova nälkäkin ajoi maantielle. Ehkä varastelemaan. Toiset mustalaiset ei hyväksyneet sellaista ollenkaan. Ei me ainakaan. Pakko on aina pakko. Hätä keinot keksii.

9.

Ainahan kaupoillakin rikastuu. Se on varmaa se. Epävarmaa oli muuten vaan tulevaisuus. Kaikki samaan kategoriaan laitettiin, uloskäyntiä vain näytettiin. Mikä onkaan kohtalo tai johdatus? Kun tämän kansan historia tiedetään yhä vieläkin. Vaikeasti siedetään, vaikka enemmän tiedetään. En tiedä, kuka aikojen alussa määräsi kohtalomme. Johdatustakin on tiellä kohtalon, se kovin erilainen on kuin suomalaisten talollisten. Vaipuuko se unohduksiin? Kansamme historia. Mitä menneisyydestä saimme? Tai mitä toimme nykypäivään? Muistot ainakin.

10.

Muuten ei ole huolen häivää. Eletään nykypäivää. Vanhempien muistoja ja omiakin kannan. Entisaikoja, niitä kannan muassain. Muistelen kaihoten entisaikoja. Kun isä ja äiti elivät, siskot ja veljet, jotka vienyt on hauta. Jumalauta. Ei auta kiroaminen. Varhaislapsuuttani muistan, kun autoja vielä ei ollutkaan. Vain hevoskärryt ja reet. Nuotiot ja maisemat livenä.

11.

Hevoskärryt järveen ajettiin, Keski-Suomessa, ja ajettiin hevonen veteen. Kärreineen päivineen, aina käsinojaan asti. Niin syvälle, että melkein kastuttiin. Hevonen syvällä vedessä sai virvoitusta ja pesun. Sitten katselimme auringon laskua tai nousua ja jaksoimme ihailla värejä. Kaikkia mahdollisia. Maalaan ne uudestaan, sielun silmin eteeni uudestaan. Totta on joka sana. Muistoista poimittua. Sitten hevonen kuivatteli sekä söi halukkaasti ruohoa. Järven rannalla. Joskus uskalsimme veteen asti pesulle, tai muuten vaan. Puut viheriöivät. Taivas oli tumman sininen.

12.

Joskus kurkkaus tähtiin. Kaikki nähtiin luonnossa. Nyt ovat vanhemmat pelkkänä kivenä. Kovia aikoja nähneet, varsinkin äitini pienoinen. Äitini, joka oli anomassa lakiuudistuksia, että mustalaiset saisivat asua yhdellä paikkakunnalla, lapset käytyä koulua. Laki, että mustalaiset olisivat oikeutettuja saamaan asunnot, sekä rotusorron kieltävä laki. Siinä oli muitakin. Lakien kanssalaatijoita. Eduskunnalle esitettiin ja hallitukselle. Onneksi ministerit kunnioittivat äitiä ja olivat myötämielisiä.

13.

Niin, että työn ja vaivannäön takana ovat hyvät asiat. On taikapussit tallella. Varjelkaa niitä huolella. Nyt muistan auringon nousut ja laskut, kun kärryjen kanssa pysähdyttiin keskelle kuusimetsää. Siellä oli polku. Aurinko laski taivaanrannan taa purppurassaan. Kaikki värit edustettuina. Oli upeaa, oikea elämys jo lapsellekin. Nyt asumme kerrostaloissa. Viihdymme siellä. Enää emme käy tiellä.

14.

Vaan kaikki on omasta takaa. Ei ole oikeasti pulaa mistään. Jos on pulaa jostain, se hankitaan. Minne kuljetkaan nykypäivän romani? Minne tiesi milloinkin se vie? Tiedätkö sä sen? Monen joron juonen jäljillä kai ollaan. Kaupattavaa yhä on. Tarve seuraa toistaan. Monen moista. Eivät ole unohtuneet entiset taidot, niin aidot. Kaikesta en kerrokaan. Jääköön arvoitukseksi vaan. Tummien tie kun kulkee, vieläkin monen oven takanaan sulkee, aukaisee. Vieläkin kulkee.

15.

Vaan ei hevosilla ajeta enää. On unohdettu kärryt, joissa sujui matka joutuisasti, jotka kantoivat kallista lastia. Nyt vain raviradoilla hevosia näet. Jotkut yksittäiset romanimiehet pitävät hevosta yhä. Uskon, että hevonen on pyhä. Enimmäkseen ei ole jokaisella enää hevosta. Anna juosta, anna juosta, jos on. Taakse jäänyt on sellainen aika. Voi hyvänen aika.

16.

Voi hyvänen aika. Miten muistuu entisaika, vaikka puutetta kärsiä sai. Vilua ja nälkää. Onnellisia aikoja olivat ne, monet muistaa lapsuuttaan kiertolaisena maan. Hevonen ja kärryt mukanaan. Hyvä, että edistys on tullut kyliin. Erilaista pyhiin, arkeen. Helpompaa on aika tavalla. Asunnot ja sosiaaliturva, joka ei ole turha. Ketään ei kerjuulle jätetä. On rotusorron kieltävä laki. On koulunkäyntimahdollisuudet toiset. Ajat mennet on, jolloin romanit oli loiset. Niin sanovat toiset. Toiset muistaa, toiset ei.

17.

Aika kaiken vei. Samalla lailla aika kulkee nyt. En ole eksynyt. Tavat, tottumukset jää. Jotain muuttunut on kuitenkin, aika paljonkin – koko elämäntapa. Mustalainen saavuttaa valtaväestön tason kaikessa melkein. Eteenpäin pyrkii, onnistuukin. Mitä tulevaisuus tuo? Meidän lapsille ja lastenlapsille? Varmaan hyvää, onkin jo tuonut. Paljon suonut luoja. Sukupolvi seuraa toistaan, ajat muuttuvat. Muuttuvatko romanitkin? Aika melkein kaiken vei. Sitä ei aika kerro ei. Jotain jäi kuitenkin. Romanitavat pysyy. Tiedän sen.

18.

Nykyään kysyä saa: "Missä mennään? Mikä maa?" Kun kaikki on muuttunut, mikä oli ennen puuttunut. Siis kiitos uudistusten, jotka luotiin eduskunnassa. Jotka loi äitini työllä. Eduskunnalle, hallitukselle, joka anoi uudet lakiesitykset. Romanisivistyksen. Romanit saivat asunnot. Rotusorto kiellettiin. Lakeja laadittiin. Niin vaadittiin. Sosiaaliturva luvattiin. Kun tähän päivään sitäkään ei ollut. Äiti puhui hallitukselle, asiakirjoja laadittiin. Lakiuudistusten nojalla luotiin romaneja koskevat uudet lait. Eivät ne itsestään tulleet, vaan niitä vaadittiin. Lait uudet laadittiin.

19.

Nyt ollaan valmiissa maailmassa. Vaikka on edelleen tehtävä työtä. Kyllähän nykyään koulutusta tarjotaan romaneille. Monet ovat kouluttautuneita, kouluttavat myös lapsiaan sekä käyvät ansiotyössä. Siitä on tehty tutkimuskin. Joka kolmas romani käy ansiotyössä. Kaikenlaisia lieveilmiöitäkin on. Negatiivisia. Loppuvatkohan ne koskaan? Suomalaisia niin kuin romaneitakin on Suomessa. Pakko toimeen tulla keskenään!

20.

Meistä romaneista ollaan montaa eri mieltä. Enimmäkseen myönteistä palautetta saa. Kaikkea mahtuu joukkoon tummaan. Hyvää niin kuin pahaakin romaneista puhutaan. Ollaan mieltä monenlaista. Mikä onkaan tiellä edistyksen? Tiedon puute. – Romaneilla, niin kuin valtaväestöön kuuluvillakin. Tieto luo turvallisuutta. Niin äitinikin aina sanoi. Piti tiedotustilaisuuksia eduskunnassa. Nyt on pallo hukassa, kun äiti on poissa. Täytyy tehdä menneisyyden kanssa töitä ja tulevaisuuden.

21.

Kärrin pyörät pyörii vaan. Tielle tulen taas. Matka jatkuu. Kärrin pyörät pyörii taas. Kuinka väsyttää, kun pyörät pyörii vaan. Lapset pyörii hyörii keskenään. Tielle tulen uudelle. Matka jatkuu huudellen. Hevonen juoksee kärryn eessä. Mitä onkaan matkassa? Mustalaisnyyttejä. Isä, äiti, lapsetkin. Kaikki vaan tulkaa mukaan.

22.

Pidetäänpä tauon paikka. Syödään vaikka. Hevonen nurmea haukkaa, ei enää laukkaa. Voileipä rukiinen maistuu matkalaisille. Kahvit nuotiolla keitetään, kahvin porot sekaan heitetään. Väliin käydään tarpeella, maantien poskessa. Tavarat pysyy nyyteissä matkassa. Isän ja äidin kanssa lapsilla on turvallista vaikka missä. Tielle takasin, nyt matkataan. Eessäpäin taloja on. Sinne menemme kerjäämään mitä puuttuu milloinkin.

23.

Eiväthän mustalaiset kerjää vaan tekevät kauppaa. Ryhdytään kauppoihin talon väen kanssa. Tavara jos toinenkin löytää paikkansa. Täyden lastin saa tavaraa isäntäväki. Kiittää ja antaa tavaraa takasin. Tehdään vaihtokauppaa. Hyvä on olla matkassa jos jonkinlaista. Tie on mutkaista. Väliin haistaa ja maistaa, millaista on olla mustalainen. Niin yksin oon ja erilainen. Paljon pitää auttaa mustalaista. Niin erilaista.

24.

Mitähän tuumii isäntä ja emäntä? Taloissa, joissa käymme? Vähään aikaan ei meitä näy. Kuka on rekivetomustalainen kerran, on sitä koko ikänsä, vaikka menopelit muuttuisivat. Talvella nääs ajettiin reellä. Isä ja äiti eessä, lapset takana. Se oli tapana. Saalit ja vällyt peitteinä. Vällyn alla nukuttiin hevosen aisakellon soidessa. Ihan varmasti, muistan tarkasti.

25.

Lumi narskui reen jalaksien alla. Hyvä olla oli vällyn alla hevosen vetäessä rekeä, aisakellon soidessa. Kummasti tarkeni pitkiäkin matkoja, joskus pitäjästä toiseen. Matkan teko maittoi. Aina taloon seuraavaan asti, sitten tuvassa nukuttiin sikeästi, väsyneenä ja uupuneena. Nälkäisinä ensin syötiin ja juotiin, sitten nukuttiin aamuun asti. Oltiin levänneitä aamulla, matkan rasitukset unohtaneena. Olihan reessä kivaakin. Kauppojakin taas tehtiin, sitten isäntäväki hyvästeltiin.

26.

Sitten lähdettiin. Joskus oltiin talossa useampi päivä. Tietysti jotenkin maksettiinkin. Matka jatkui vaan. Tie se mutkitteli niin, että meinasin pudota kyydistä. Kyllä kai isä ja äiti olisivat pysähtyneet, jos niin kävi. Myöhemmin muistelin noita aikoja. Sen ajan taikoja. Hevoskaupoilla rikastuttiin, vaurastuttiin. Oikeasti kohta meillä oli oma talo. Ihan totta. Silti käytiin markkinoilla ihan huvin vuoksi. Juokse juokse hevonen. Kiire kiire meillä on toimeen tulla, myös takasin tulla markkinoilta, joilta tavaraa ostettiin, vaihdettiin. Se mikä pyydettiin, maksettiin. Jos jaksettiin. Unohtamatta mustalaisten lakia. Minkä takia? Moni ei tykännyt siitä, että mustalaisten kanssa tehtiin kauppoja. Jotkut kuitenkin tekivät.

27.

Nyt asumme kerrostaloissa suurin osa. Viihdymme siellä. Enää emme käy tiellä vain kerjäten leipäpalaa, yösijaa, vaan kaiken saa omasta takaa. Niin silti petaa kuin makaa. Toivon mukaan poliisit ei aja takaa. Eikä vie putkaan irtolaisuudesta. Miertolaisena erilaisena. Siis suvaitkaa toisianne ja muitakin. Nyt asumme kerrostaloissa, joissa on viihtyisää. Ylellistä jopa. Mistään ei ole pulaa oikeasti. Vaatii aikansa sopeutua, mutta kyllä sekin varmaan onnistuu ajan oloon, uskon niin.

28.

Monesti kirosin myöhemmin elämää, kun pääsimme maantieltä pois. Miksi isä ja äiti teitte minut? Tähän maailmaan yksin kulkemaan, erillään teistä vanhemmista. Luonnon laki, että vanhat kuolevat. Nuoret astuvat tilalle. Mutta maantiemustalainen asutetaan kerrostaloihin. On siinäkin totuttelua, sanon sen. Monelta se ei ole onnistunutkaan. Vaan monet on tosi rappiolla, hukassa kaiken kanssa. Kaiken uuden ja vieraan. Siitähän on jo aikaa, kun mustalaiset kansoittivat maantiet. Monta vuosikymmentä. Mutta unohdu ei koskaan kokonaan entisaika taikoineen. Pyyhkiytyy vain pois vanhojen ihmisten mukana.

29.

Vanhempani, heitä muistan ain. Heiltä elämän sain. Siitä kiitän kai vanhempiani ain. Lainaksihan se on vaan, ei ikuisesti sitä saa koskaan. Jos on halu kostaa. Unohtuupi pian. Vanhemmiltani sain sijan, aivan uuden tilan olla täällä kerran. Lyhyen aikaa vain. Siispä muistan heitä, kauan sitten menneitä. Heitä muistan siis, siispä siis, kiittäen. Kantaen perintöä lukuisien muistojen.

30.

Ennen aikaan suomalaisetkin kiersivät rattailla ja hevosilla markkinoilla. Ja muutenkin, kun ei ollut muuta keinoa kulkea. Niin kuljettiin, kaikki kulkivat hevosilla ja rattailla. Ennen aikaan oli vain kärryteitä. Ei ollut muita teitä. Siispä hyvin ymmärsivät suomalaiset mustalaista. Ei eroa liikkumistavassa ainakaan ollut. Erottuvathan mustalaiset tummuutensa puolesta, kiersivät vielä taloissakin eivätkä markkinoilla vain. Oli erilaisia tummia miehiä ja naisia. Lapsiakin. Kaikki erotti tummuudesta. Tiedettiin talossa, kun mustalaiset tulivat pihaan. Vastaanotto oli mikä milloinkin. Kestettävä oli silloinkin.

Toinen osa

Romaniyhdistys

Mirjami Karimus. Äitini Mirjami Karimus oli perustamassa Suomen Romaniyhdistystä. Siellä oli myös muutama muu, noin vuonna 1967. Sitten alkoi varsinainen työ Mirjamilla, joka kävi eduskunnassa jatkuvasti. Puhumassa. Muun muassa romanien tuli saada asunnot. Sosiaaliturvan saatavuudesta puhui. Rotusorto tuli kieltää lailla.

Lakiesitykset teki Mirjami tiettäväksi. Lakiesitykset Mirjami teki eduskunnassa hallituksen ministereille tiettäväksi. Olin tuolloin teinityttö, kun äiti meni sinne komitean kokouksiin romaneiden asioissa. Ministerit aktivoituivat äidin esityksistä sekä kiinnostuivat lakiesityksistä, jotka oli laadittu yhdessä muiden kanssa.

Esitykset menivät läpi, saivat Suomen valtion hyväksynnän. Lakiesityksiä alettiin heti laittamaan täytäntöön. Mitä mullistusta tapahtuikaan kaikkialla romanien piireissä. Voitto Ahlgren oli mukana. Sitten lakiesityksiä alettiin laittamaan käytäntöön. Lakiesitys rotusorrosta oli kai kaikkein vaikein. Moni ei noudata sitä tänä päivänäkään, vaan jonkinasteista sortoa on yhä. Kansakunnalla on pitkä muisti. Sekä lyhyt. Sakon uhallakin moni vain vieroksuu romaneita. Suuri osa kuitenkin on ruvennut ajattelemaan, että me romanit olemme ihmisiä. Se on jo paljon se.

Kuvitella romania niihin ihmisiin, jotka saavat avustuksia. Olivatko romanit ihmisiä lainkaan? Muiden ihmisten joukossa, saati sitten tasa-arvoisia. Tuskin niin ajateltiin. Laki asuntojen saamisesta astui myös käytäntöön muistaakseni melkein heti. Romaneille järjestettiin asunnot.

Kenenkään ei ollut enää pakko kiertää tai olla koditon, asuntoa vailla. Laki toimeentulosta takasi, että ei ole pakko kerjätä leivän saadakseen. Näin se vaan oli ennen vanhaan. Lakialoitteilla oli suuri merkitys tulevaisuuden romaneille, jotka kouluttautuvat ja käyvät työssä. Olivathan ennenkin monet romanit eli mustalaiset työssäkäyviä Suomen kansalaisia. Mutta heistä vaietaan. Onko niin, että romanit ovat niin sisäpiirissä, etteivät tiedä muista mitään? Niinhän suomalaisetkin ovat. Ei se niin yksinkertaista ollut kuin luulisi, vaan monen pohdinnan tulosta. Nyt nautitaan. Aika rankkoja aikoja elettiin, romanit eivät tienneet oikeuksistaan. Pikkusisko juoksi aina poliiseja karkuun, ties mitä tehnyt.

Pääsimme lastenkodista. En tiedä, oliko muilla paineita. Minulla ainakin oli. Jännääkin oli ja mielenkiintoista. Se oli sitä aikaa 60–70-luvun vaihteessa. Äiti oli noin 48–49-vuotias silloin, kun kävi komiteoissa. Ei niin vanhakaan. Ehkei ollut niin helppoa laittautua hallituksen eteen. En tiedä, mitä Allani ja Teemu ajattelivat. Kari laittoi papereita esitettävään kuntoon. Lakiesitykset valmiiksi. Eihän siitä olisi tullut mitään ilman apua. Hän oli Mirjamin hyvä ystävä ja oli minunkin. Kari Huttunen, joka toimi mustalaiskuraattorin virassa, jossain vaiheessa perustetussa. Mustalaiskuraattorin virassa tarjosi kaikkinaista apuaan romaneille. Kyllä osasi työnsä, toimi Mirjamin oikeana kätenä. Itse olin sivustaseuraaja, tarkkailijan roolissa sekä ulkonäön arvostelijana. Jos sellaista tarvitsikaan. Osasi Mirjami itse kunnostaa itsensä, ei siihen ollut mitään sanomista. Muistan kun Ykä tai taksi veivät Mirjamin jonnekin, missä ministerit tiesivät odottaa. Vastaanotto oli hyvää, ja positiivista palautetta sai. Mustalaisyhdistyksessä oli muutama, jotka tekivät kirjan.

Mustalaiselämää.

Elimme 60-luvun lopulla murrosvaiheessa kaiken uuden ja ihmeellisen alussa. Siellä yhdistyksessä oli aika paljon väkeä. Muun muassa tätini Hilja Florin ja keitä kaikkia siellä oli, myöhemmin. Yrjö Tähtelä. Myöhemmin hän oli kuvioissa ainakin mukana. Elettiin aktiivista aikaa romaniyhdistyksen tiimoilta. Luulen, ettei me Mirjamin lapset pysytty perässä, mukana oikein. Pudottiin kärryiltä jo alkuvaiheessa. Tietysti minä seurasin äidin menoa, mutta jotenkin me jäätiin syrjään. Nyt ymmärränkin, miksi. Nuorin siskoni oli aina poliisit perässä, kapinoitsi tietysti. Ei äidin työtä, vaan koko elämää vastaan, niin kuin minäkin. Ensin olin hiljaa, sitten tuli ongelmia äidin menestymisen myötä. Niitä juuri.

En käynyt romaniyhdistyksen kokouksissa Suomessa. Mutta Ruotsissa kyllä, useassakin kaupungissa. Matkustimme äitini kanssa Ruotsiin. Gunni asui Ruotsissa. Minäkin muutin sinne. Asuin noin vuoden Ruotsissa. Olin lapsenlikkana ja hotelleissa töissä. Vanhainkodissa, ravintolassa. Voin kuitenkin Ruotsissa huonosti. Matkustin äidin luokse Suomeen. Gunni muuten järjesti työpaikkani siellä. Jouduin sairaalaan, eikä kaikki ollut ruusuilla tanssimista äidilläkään. Äidilläni oli ainakin täysi työpäiväinen työ käydä eduskunnassa puhumassa sekä antamassa lakiehdotuksia hallitukselle eli ministereille. Kaikkien puolesta. Oikea uranuurtaja oli. Toista on vaikea löytää. Oikea Suurnainen. Kaikki edut saatavilla, kyllä nyt kuullaan romaneita romanien asioissa. Sitähän Äitini Mirjam Karimus oli: romanien asialla. Ja onnistui hienosti. Ihmettelen, ettei hautakivessä lue mitään ansioista. Pitäisihän olla jotain mainintaa, mitä on elämänsä aikana tehnyt. Kyllä se oli rikasta aikaa. Sillä rikkauttahan se on, kun pääsee niin korkealle tasolle vaikuttamaan. Siispä siis, muuten olisivat kirjat kiinni ja paikat kanssa. Nyt nautimme niistä etuuksista, jotka 60-luvun lopussa tehtiin mahdollisiksi. Isäni kävi ihmettelemässä äitiä: mitä tuo akka höpäjää? Mutta ei tainnut olla akkain höpinää, äidin puhe. Vaan täyttä asiaa. Olihan isäkin ylpeä äidistä, niin äiti kertoi.

Muutimme Malmilta Maunulaan. 75 neliön huoneisiin. Teemu, Anja, minä sekä äiti. Allankin kävi joskus. Tuli näes laki, että piti olla tietty neliömäärä henkilöä kohden. Se Malmin asunto oli tosi pieni meille kaikille. Isäni asui Keski-Suomessa uuden vaimonsa kanssa ja lapsineen. Niin sitten tuli lisää sisaruksia meille ensimmäisestä liitosta syntyneille lapsille. Meitä oli kahdeksan. Kokosiskoja ja -veljiä. Asuimme erillämme, muut paitsi Teemu, Anja ja minä. Oltiin äidin asunnossa.

Mitään rahaa hän ei saanut, kun kävi eduskunnan komiteoissa yhtenään. Seurasin äitiä kotona, mutta hyöty tuli heti. Lait astuivat voimaan heti: sosiaaliturva ja asunnot. Baareihin pääsivät romanit sekä ravintoloihin. Mikään tavallinen nyyttimummo Mirjami ei ollut, vaikka tiesi senkin ajan taakseen jättäneen. Kasvatti meitä, kun olimme pieniä. Joutui reumaparantolaan, siellä parani ja pääsi toimimaan eduskunnan romanikomiteassa. Sellainen oli minun äitini, joka teki elämänsä suurimmat työt hallitukselle. Sai lait uudistettua. Eihän ollut muuta kuin romanien syrjintäaikaa. Ei ollut asuntoja eikä muutakaan. Suuri persoona oli kerta kaikkiaan. Niin ovat sanoneet kaikki, jotka Mirjamin tunsivat. Gunni Nordström oli myös Mirjamin hyvä ystävä, joka puhui jälkeenpäin antaumuksella kauniisti äidistäni. Olen tosi ylpeä äidistäni. Gunnin kehotuksesta laitan jotain paperille äidistä, faktoja. Ei ole mitään tarinaa, joka ei pitäisi paikkaansa, siitä on takuulla moni maininta jossain historian lehdillä.

Ei ollut maailman helpointa seisoa komitean edessä esittämässä asiaansa. Asiaa, joka oli aivan uusi eduskunnalle. Näkökulma avautui aivan uusi, romanien oikeuksista ja heidän puolestaan. Äiti oli aina suihkunraikkaana ja ehosti itseään suurentavan peilin edessä. Sen muistan ainakin. Äiti ei käyttänyt huulipunaa koskaan. Hänellä oli punaiset huulet. Hänellä oli myös kuulas, raikas iho, kuin posliinia. Eikä tarvinnut juuri mitään. Sitten taas mentiin taksilla tai Ykän kyydillä.

Romanien kaikkinaiset oikeudet tulivat meille muille kuin Manulle illallinen. Mirjamia ei voi unohtaa. Gunni ainakin muistaa. Puhuu kauniisti Mirjamista, oikein ihmetyttää. Ei ollut Mirjami mikä tahansa höpöttäjä. Äiti puhui lyhyesti ja ytimekkäästi. Asiallisesti. Sai selvän puhumisesta. Mirjami on tullut molempiin vanhempiinsa. Heinäveden Kalle Floriiniin ja Jenny Nyberiin. Kalle oli teurasauton kuljettaja, hyvässä maineessa. Jennyllä oli parturi-kampaamo. Hän toimi siellä itse parturi-kampaajana. Kävin siellä liikkeessä lapsena. Kunniakirjat oli seinillä, jotkut diplomit. Oli parturin tuolit ja muutenkin hienoa. Hän toimi vuosikymmeniä siinä ammatissa.

Äidilläkin oli oma kampaamo, ja hän toimi siellä jonkin aikaa. Ei yhtä kauan kun isoäitini. Oli kyllä kouluja käynyt, sairaanhoitajan koulun ja paljon muuta, ennen kun olin pieni. Äiti teki taidokkaasti käsitöitä. Huovutuskurssin käynyt. Teki villasta sukkia, lapasia, paitoja, housuja. Niin kauniita tyynynpäällisiä, etten ole muualla nähnyt kuin äidin tekemänä. Kutoi kangaspuilla, kehräsi rukilla lankaa. Näin omin silmin. Ei ollut mikä tahansa poropeukalo. Suomen mestari kampaajanakin nuoruudessaan. En ole nähnyt nopeampaa ja taitavampaa käsistään kuin äitini.

Hän oli lapsuudessaan huutolaislapsena. Oli pakko oppia ja tehdä talon työt pienestä pitäen. Tottui kovaan työhön, sillä ei ollut aikaa pitää meitä sylissä pieninä. Kirnusi ennen vanhaan voita kirnulla. Maitohuoneessa tiesi, mitä tehdä. Kaikkia maalaistalon töitä teki minun lapsuudessani. Keritsi lampaat ja kehräsi langaksi, josta sitten kutoi sukat, housut, paidat. Talvella lämmitteeksi. Näin itse ja muistan. Hoiti meitä lapsia siinä sivussa. Kukaan ei pysty vähättelemään äidin elämän työtä. Sillä elämän työtä se oli.

Mitä Mirjami teki: historiaa.

HISTORIALLINEN TYÖRUPEAMA. Eduskunnassa. Saamme olla kiitollisia kaikki romanit. Työtä varmaan olisi vieläkin, mutta aika ei anna elämää lainaksi. Hänen taitojaan tarvittaisiin vieläkin. Jään kaipaamaan äitiäni.

Kolmas osa

Lasteni lapsuudesta

Muistan elävästi, kun ensimmäinen lapsi syntyi. Se oli elämäni onnellisin päivä. Ikimuistoinen, kun kätilö toi vauvan syliini nukuttuani hyvän tovin keisarileikkauksen jälkeen. Synnyit muutamassa minuutissa. Olin hereillä osittain. Olin onnellinen käärö sylissäni. Niin onnellinen en ole ollut koskaan ennen enkä jälkeen syntymäsi. Isä onnellisena kanssa. Tuli katsomaan ja toi ruusuja. Itku silmässä. Nosti yhdelle kädelle vauvan, jolla ei ollut vielä nimeä. Joka oli vastasyntynyt. Niin oli pieni, 2750 grammaa. Punainen ja vähän ryppyinen. Olit ihana ja olin niin onnellinen. En tiennyt, että niin onnellinen voi olla koskaan.

Söit pienen pienestä tuttipullosta. Olit ainoa niin pieni vauva, kun toiset olivat nelikiloisia. Olin ylpeä äiti. Koetin pukea sinua. Olit nuken kokoinen. Kätilö näytti ensi alkuun, miten sai vaatteet ylle niinkin pienelle. Oli siinä ihmettelemistä ja opettelemista. Synnyit helmikuussa. Silloin oli 35 asteen pakkaset. Tosi kylmä. En tietenkään vienyt sinua ulos, oliko se kuukauteen vai pariin viikkoon. Harsoja meni vaippoina ja Tuttelia tuttipullossa. Et syönyt kovin paljon mutta kasvoit kuitenkin, muutaman gramman viikossa. Pissasit ja kakkasitkin ohutta ripulia.

Onneksi vauvat eivät muista mitään siitä, kun ovat pieniä. Vaistosit kuitenkin äitisi mielialan. Olit hymyssä suin jo vastasyntyneenä. Hurmasit hoitajat, jotka pitelivät sinua olkapäällään kahvitauollaan. Olin ylpeä äiti ja onnellinen. Kai se tarttui lapseenkin. Mitään synnytyksen jälkeistä masennusta minulla ei ollut, vaikka olin mielenterveysongelmista joskus kärsinyt. Nyt ei ollut puhettakaan siitä. Olin niin elinvoimainen, että.

Olin onnellinen, vaikka en heti saanutkaan sinua. Jouduit alipainon vuoksi Sofianlehtoon. Sitten kummitätisi ja isäsi puhuivat sinut minun hoitooni. Kävimme vaunujen kanssa isäsi asunnolla Porvoonkadulla, jossa ylpeänä äitinä hoidin sinua.

Lapsemme varttui. Kävimme säännöllisesti neuvolassa. Kaikki oli hyvin. Kolmen kuukauden ikäisenä painoit viisi kiloa. Aikamme elettiin niin, että kävin Porvoonkadulla ja Mäkelänkadulla. Sitten saimme kaupungin asunnon Kukkaniityntieltä Vartiokylästä. Olit puolitoistavuotinen, kun muutettiin. Kaikki oli kesken, rakentaminen, pelkkää kiveä piha. Isoja kiviä. Keinut oli rakennettu. Kävimme keinumassa.

Niin aika kului ja kaikki valmistui. Ihana rakas kullannuppu. Sait muuten hampaita neljän kuukauden ikäisenä. Lapseni ainoani. Sitten leikittiin Mustapuron leikkikentällä. Osallistuimme äiti-lapsipiiriin. Kesäisin kävit lastenaltaassa. Opit uimaan siellä nelivuotiaana. Aika hyvin. Lapioleikit alkoivat jo varhain. Minä tein ensin hiekkakakkuja, sitten teit perässä. Oli onnellista aikaa. Olit myös isäsi silmäterä. Samoin minun. Rakastin suunnattomasti sinua. Olit aika vekkuli. Kävelit puolitoistavuotiaana tarhasta ja sanoit: "Ei tuttipulloa enää." Olit aika reipas, vaikka tarhassa oli kuulemma vaikea olla. Toisesta tyttärestämme ei vielä silloin ollut tietoakaan. Nautit myös ulkoilemisesta.

Vähän vanhempana tulit yksiksesikin toimeen. Hiekkalaatikolla. Siellä oli kavereita, Jere ja Tomi. Ihan pienenä nukuit vaunussa ulkona. Olit punakka lapsi. Olin niin tyytyväinen äiti, etten koskaan tule olemaan tyytyväisempi.

Vuoden vanhana syöttötuolissa aloit syödä itse. Ruoka lensi lautaselta minne sattui. Silmillenikin sekä maahan ja vaatteilleni. Se oli huvittavaa kerta kaikkiaan. En ollut väsynyt koskaan, vaan oli ihanaa hoitaa muksua. Tietenkin alle vuoden ikäisenä valvotit öisin, mutta siihenkin tottui. Nousit syömään. Niin pienillä on aina nälkä. Oli ihanaa vaihtaa bambinoa isompana, noin kaksi ja puoli -vuotiaaksi asti. Seitsemän kuukauden iässä aloit kävelemään pöydästä tukien. Ihan totta. Olimme iloisia ja ihmeissämme. Kuinka aikaisin aloit kävelemään itse. Olit niin pieni ja liikuttava.

Seitsemän kuukauden iässä jouduit lastenklinikalle korvien takia. En tiedä, mitä vanhanaikaista ne tekivät. Puhkaisivat korvat, ettei enää tule tulehduksia. Se oli kauheaa aikaa. Itkit niin kamalasti. Olin yötä klinikalla sänkysi vieressä. Painosi putosi puoli kiloa. Et painanutkaan kun seitsemän kiloa. Lääkärit olivat huolissaan. Syötin sinua siellä. Painosi nousi onneksi, oli se helpotus. Kyllä oli rankkaakin lapsuus varmaan, ei pelkästään aurinkoista. Varmaan itse tietää parhaiten.

Neuvolassa sanottiin, että kevytmaidolle, mutta isänne oli sitä mieltä, ettei siirry vesimaitoon. Vaan punaisessa pysyy, kokomaidossa. Joimme ruuan kanssa kaikki sitä. Hampaasi alkoivat kasvamaan jo neljän kuukauden iässä.

Olit iloinen ja hauska, huumorintajuinen lapsi. Vanhempien aikaan aika hiljainen, mutta kaveripiirissä puheliaampi. Huomasin sen jossain vaiheessa. Väliin sai nauraa sinun tempauksillesi. Sait jouluna leluja, ensin pehmoleluja. Kahden vuoden ikäisenä sait jättinallen valkoisen. Sait myös nukkeja. Vauvanukkeja, myöhemmin barbinukkeja. Kun nuorempi tyttö oli syntynyt, sait Kenin ja barbiauton. Sekä hevosen. Nuorempi tyttö sai barbeja, sitten kun ensin oli tullut ja kasvanut vähän.

Muutaman kuukauden iässä laitoit suuhusi kaiken, mikä sinne sopi. Sai olla tarkkana siivotessa. Tietenkin nuorimmainen teki samoin nuorempana. Aika pienenä. Sinulla oli oma muovivanna, vaaleakeltainen, ja räiskytit vettä, että kastuin kokonaan. Pauliina, naapurin tyttö, tuli mukaan kylvetyspuuhiin. Sinulla Maiju oli keltainen ankka, joka taisi olla Kaijullakin myöhemmin. Kaikki lelut ja vaatteet menivät uudelleen jakoon, kun Kaiju syntyi. Ehkä Maiju ei tykännyt, kun tuli toinen lapsi jakamaan huomion. Neljä vuotta vanhempi oli Maiju. Ensimmäisestä suihkusta Maiju et pitänyt, vaan aloit itkeä. Olimme jossain savusaunassa. Et tykännyt ollenkaan. En ollut siellä sitten kauan.

Kävimme Itiksessä ostoksilla kahdestaan. Olit vaunuissa. Ostimme isompia vaatteita. Ostimme haalarit sisä- ja ulkokäyttöön. Olihan paljon, mitä pieni lapsi tarvitsee. Olit kiltti lapsi ja helppo hoitaa. Samoin Kaiju. Ihme, ettei ollut mitään ongelmia. Joskus sairastuitte. Jouduin antamaan parasuppoa, kun kuume nousi. Kaikki lastentaudit, nekin sairastettiin. Ei siinä ollut muuta kuin huoli tietysti ja lääkärissä käynti. Sitten paranit, ja muistan, kun isäsi tuli viinapullon kanssa kotiin. Töiden jälkeen tissutteli. Veden ja mehun kanssa. En tiedä, muistatko sellaista tai muistaako Kaiju.

Ajattelin mainita vaan.

Maiju sitten opit juoksemaan. Juoksit luotani pois, enkä saanut sinua kiinni, ennen kuin pikatie alkoi. Hiekkatie loppui. Säikähdin oikein kunnolla. Maijukin juoksi puolentoista vuoden vanhana Vartiokylän joka ainoan istutetun puun ympäri. Tommosen kilometrin. Hirveää kyytiä. En saanut ollenkaan lopettamaan juoksua, vaikka kehotin: pysähdy. Ei, et lopettanut, ennen kuin puut loppuivat. Sain juosta molempien perässä minkä jaksoin, mutten saanut kiinni. Onnellisesti molempien reissu sujui loppuun, mutta olin ihmeissäni. Mitä nyt? Te vain juoksitte.

Nukuitte molemmat vanhempien välissä vuorollaan. Ihan pienenäkin. Kysyin mieheltäni: Säilyykö lapset hengissä? Sanoi, että säilyy. Niin molemmat nukuitte meidän välissä, autuaana tietämättä vaarasta, joka mielestäni oli se, pärjääkö varmasti siinä meidän isojen aikuisten välissä. Pärjäsittehän te. Ai niin, kolmen kuukauden ikäisenä kastettiin. Ensimmäinen lapsi sai nimekseen Maiju Helena. Sukunimekseen sai isänsä sukunimen. Toinen lapsi, tyttömme, sai nimekseen Kaiju Johanna.

Kummitäti oli ristiäisissä. Kaverini oli sekä siskoni. Ensimmäisen lapsen ristiäiset pidettiin Ensikodin ompeluhuoneessa, jossa ompelin jotain yöpaitaa, jossa oli muumin kuvia. Piditkin sitä. Lasten isä ei tullut ristiäisiin, mistä en oikenen tykännyt. Syytti työkiireitä. Taisi olla töissä. Sellainen oli isäsi. Asetti työn etusijalle. Eihän ole paljon tärkeäpää kuin lasten ristiäiset. Minun mielestäni ei ainakaan.

Olimme Maijun kanssa puolitoista vuotta ensikodissa. Sitten saimme kaupungin asunnon, josta kirjoitin. Siinä oli makuuhuone, iso olohuone, eteinen ja keittiö ja wc tietenkin, jotain 53 neliötä. Muuten lasten isä ei kieltänyt isyyttä vaan oli mieluusti lapsen isä. Minulla on onnellisia muistoja siltä ajalta. Lapsesta varsinkin. Syntymäpäivääsi vietetään 21. helmikuuta. Kaijun syntymäpäivä on 16.3.91.

Vietimme syntymäpäiviä. Oli paljon lapsia, kavereita. Naapurin pariskunta leipoi täytekakun. Oli tietysti kuivakakkua ja pikkuleipiä, karkkeja. Joka syntymäpäivänä lisättiin kynttilä, vuoden kuluttua. Kummeina oli toinen pariskunta. Maiju sai pienen punaisen pyörän, jonka hankin minä. Opit ajamaan sitä melko nopeasti. Poljit pienillä jaloillasi. Apupyörien ansiosta opit ajamaan pyörää tosi aikaisin. Myöhemmin sait oikean tyttöjen pyörän, jossa oli apupyörät. Meni aikansa oppia ajamaan sitä. Sitä oli pakko ajaa ulkona.

Kun Kaiju syntyi, se ei ollut niin uutta enää, vaan muuten vaan ihanaa, kun toinen tyttö tuli. En tiedä mitä tykkäsit, mutta omien sanojesi mukaan oli helpotus, kun huomio siirtyi toiseen lapseen. Enempää en tehnytkään lapsia. En halunnut. Joskus kaduttaa, mutta olin niin vanhakin, että se olisi ollut riskialtista. Nyt niistä ajoista on yli 30 vuotta. Maijun silmät vaihtuivat ruskeiksi kolmen kuukauden iässä. Kaiju oli päälle vuoden, kun vaihtuivat sinisistä ruskeiksi. Tunsin, että olitte tulleet minuun enemmän. Maiju oli ujo, hiljainen lapsi. Rauhallinen ja sopeutuvainen. Kaiju sai nimensä serkkuni mukaan. Isän sukunimi oli molemmilla, vaikka emme olleet naimisissa. Kaiju oppi vasta vuoden vanhana kävelemään. Maitohampaat tulivat tosi myöhään kanssa. Oliko niin, että sujuva puhe tuli molemmilla 2–3-vuotiaana. Nyt noista ajoista on yli 30 vuotta.

Juhlapyhiä vietettiin. Varsinkin joulu oli mieluinen, kun sai mielin määrin lahjoja. Niitä todella saitte vaikka mitä. Kaiju sai hyviä käyttökelpoisia vaatteita ja leluja. Kaiju tykkäsi isoksi asti pehmoleluista. Olin huolimaton nuoremman tyttäreni kanssa, kun vanhemman kanssa olin tarkempi. Sitten Maiju meni esikouluun oltuaan tarhassa kaksi ja puoli vuotta. Siitäkään ette kumpikaan tykänneet. Kuulemma kiusattiin. Olisin puhunut niille tarhan tädeille, jos olisin tiennyt. Mutta kuulin vasta jälkeenpäin, että siellä jo kiusattiin.

Ei ole helppoa lapsen lapsuus. Turha oli tuudittautua minun sellaiseen uskoon. Meillä oli myös kissa, joka pissasi kaikkiin mahdollisiin paikkoihin. Kengille, peitoille, tyynyille. Kaikille tavaroille. En tiedä, miksi pidimme äitikissaa, kun se oli niin hankala. Eihän kaikki kissat kuseksi joka paikkaan.

Asuimme F-rapussa Kukkaniityntiellä. Sitten muutimme viereiseen rappuun, isompiin huoneisiin. Siellä oli huone molemmille tytöille ja vanhempien yhteinen huone. Oli omat sängyt, komerot ja kirjoituspöydät. Läksypöydäksi.

Kun Kaiju syntyi, niin oli lama-aika. Isällänne oli postissa töitä. Piti ajaa vaikka kuinka. Pieni lumi pois kaivinkoneella tai jollain muulla vehkeellä. Ei saanut nukkua öitään. Rahaa oli vähän ja töitäkin vähän. Ihme, että saimme ruokaa pöytään. Kaijunkin piltissä herne etsi toista hernettä. Se oli ennen muuttoa. Tätä nykyä mies asuu samassa kuin ennen. Aivan samassa kuin.

Muutimme kaupungin asuntoon. Kun odotin Kaijua, isänne ei ollut ensi alkuun tyytyväinen, mutta sulatti sen. Hyväksyi sen viimein. Maijun tuloa taas odotti samalla lailla kun minä. Maiju syntyi Naistenklinikalla, Kaiju Kättärillä. Maiju painoi 2 700 grammaa, Kaiju 3 300 grammaa. Maiju oli 48 senttiä, Kaiju oli 52 senttiä. Olisi pitänyt mennä molempien kanssa Kättärille. Siellä sai imettää, vaikka tupakoi. En tiedä, oliko hyvä – taisi olla huono juttu. Maiju sai vain pari kertaa tissiä. Olin niin autuas olo ensimmäisestä lapsesta. Kaiju imi tissiä vielä neljävuotiaanakin, kunnes sain tabletteja maidon tyrehdyttämiseen.

Olin huolimaton nuorimman suhteen. Kaiju kertoi, että tukka oli kampaamatta tarhassa. Kissan pissa haisi ja tupakka. Ainakin pesin teitä.

Puhtaat vaatteet oli aina. Laitoin jotain aamiaistakin, kun olitte kotona vielä. Puuroa aamuisin. Siitä tuli sanomista, kun pesin pyykkiä 3–4 kertaa päivässä. Mies sanoi, että kuluu liikaa sähköä.

Maijun eskari sujui hyvin. Oppi kaikennäköistä, kirjaimia ja numeroita. Kädentaidot kehittyivät. Koko ajan oli pientä jännitystä, miten sujuu eskari. Hyvinhän se. Kaipa sielläkin oli omat ongelmansa, mistä äiti pitää silmänsä kiinni. Tai ei kerta kaikkiaan tiennyt. Tarhaan oli muutama sata metriä matkaa. Eskariin kilometri ja kouluun. Asuttiin Vartiokylässä. Menimme tarhaan rattailla, kouluun ja eskariin pyörillä. Siellä eskarissa voi vielä leikkiä ja oppia jotain kouluun menoon liittyvää. Sai sieltä todistuksen.

Olin mukana aina tarhassa kevätjuhlissa. Oltiin hienoksi laittauduttu. Tosiasia on, että hain vaatteisiin rahaa ja sain melkein aina. Mies haki omilla rahoillaan ruuan. Teki illallista. Talvella oltiin pulkkamäessä. Kun Maiju meni kouluun, piti luistimet hankkia. Ne hankittiin. Jo nelivuotiaana luisteltiin.

Sitten hankittiin sukset. Isäsi osti ne. Olit puolitoista, kun aloit leikkikentällä hiihtämään. Sovitin suksia sinulle Maiju, ja aloit hiihtämään. Niin kuin olisit aina hiihtänyt, heti meni oikein. Et liukastellut tai mitään. Olin ihmeissäni ja ylpeä äiti. Ihmettelivät leikkikentälläkin sitä. Olit niin reipas lapsi kuin toivoa sopii. Myöhemmin Kaiju sai kaiken huomion vilkkautensa takia. En oikein varmaksi tiedä miksi? Molemmat olitte tärkeitä sekä arvokkaita minulle. Rakkainta, mitä minulla oli olemassa. Meillä oli yhdessä hauskaakin, eikä vain ikäviä muistoja, joita niitäkin oli oman kertomanne mukaan. Vanhemmat koettaa silottaa lastensa elämän helpoksi, mutta itse asiassa on lapsena aika kovaa kuitenkin.

Leikkikentällä oli myös satuhetkiä ja joitain pelejä, pelattiin niitä heti, kun kynnelle kykenitte. Siellä oli kesäisin ruokaa tarjolla. Piti olla omat lautaset. Leikkikentälle oli meiltä matkaa noin puoli kilometriä. Sinne oli helppo mennä. Kävimme melkein joka päivä. Mentiin jalan tai pyörillä. Siellä käytiin, kun oltiin jo koulussa. Niin Maijun koulu alkoi.

Pelotti ja jännitti. Maijun eskarissakin varmaan puhuttiin koulusta. Saatoin Maijun kouluun muutamana päivänä. Kun karkasit eri reittiä kouluun, naureskelit äitillesi, kuinka vedit nenästä äitiä. Olin tietenkin tyytyväinen, kun opit menemään kouluun itse. Hymyilit salaperäistä hymyä. Olit ilkikurinen lapsi. Huijasit äitiä usein. Huumorintajuinen. Kaiju teki samalla lailla. Meni eri reittiä, kun tulin hakemaan kaverilta. Tosiaan niin, etten osannut perässä. Aika vekkuleita molemmat.

Kävimme isänne äidin luona kesäisin. Tultiin näyttämään teitä mummolle. Mummo tarjosi hyvää ruokaa. Oli mestari ruuanlaitossa. Laittoi mummon omatekemiä lihapullia ja kaikkea muuta. Runsas oli mummon ruokapöytä. Kahvipöydässä oli tarjolla pipareita, jotka mummo itse teki myös ja pullaa, kakkua ja kaikkea hyvää. Se paikka oli mummola. Sinne oli matkaa noin 200 kilometriä. Se oli Vammalaa, usein puuduttava matka. Väsyimme kaikki, mutta taukoja ei pidetty. Minkä ihmeen takia? Kesällä saatiin jäätelöt muutaman kerran. Siellä oli mummon mökki, jonka mummon mies oli rakentanut. Me nukuimme isänne kanssa erillisessä, niin kuin leikkimökissä.

Tulitte luonteeltanne ja ulkonäöltä minuun. Äidin äitiin. Maiju oli luonteeltaan jostain syystä hiljainen vanhempien aikaan. Puhelias sitten kaveripiirissä kuitenkin ja huumorintajuinen, sen huomasi kyllä. On tänä päivänäkin sitä. Suutuitte välillä molemmat. Silloin minua pelotti. Kaiju oli puheliaampi vanhempienkin aikaan, kun oppi puhumaan. Yleensä vieläkin nykyään juttua riittää, onneksi. Käytiin myös äidinäidin luona. Toisen mummonne. Maiju oli 9-vuotias, kun äidin äiti kuoli vuonna 95. Vammalan mummo eli 83-vuotiaaksi. Äidin äidillä lakkasivat munuaiset toimimasta, kun oli sokeritauti. Monta muutakin sairautta. 75-vuotiaana sitten kuoli. Äidinäiti asui Maunulassa silloin kun eli. Ei ollut pitkä matka. Bussi 63 meni aika viereen.

Maiju tulee minuun, on hiljainen ja ajatteleva. Kaiju tuli äidinäitiin, on puhelias. Molemmat olitte aktiivisia yksilöitä. Rakastin teitä ja rakastan vieläkin.

Vuosina 94–96 aloin kirjoittelemaan runoja. Hankin kirjoituskoneen. Kun molemmat olitte koulussa, aloin kirjoittamaan. Aikakin kului paremmin. Minulla oli inspiraatioita.

Kun olitte koulussa alaluokilla, tuli todistukset, joissa oli aineen kohdalla kirjaimet, abcde. Olin ylpeä äiti, samoin oli isänne, koulussa ollessanne. Isänne ja minä emme käyneet päättäjäisissä koskaan. Kai hannasimme. Muistimme omaa tuskallista koulunkäyntiämme. Kumpikaan ei ollut hyvä. Minulla oli viimeisellä luokalla hyvä todistus, kahdeksan kahdeksikkoa. Se oli aika hyvä jo. Teidän koulussa oli toinen touhu. Oppimisen touhu. Opitte lukemaan ja kirjoittamaan ja teitte aina läksyt itse. Ei paljon apua kaivattu. Maijun toisella luokalla oli opettaja Jaana Salminen, joka ärsyyntyi. Jätti Maijun luokalle. Onneksi seuraava opettaja oli parempi, hän oli hyvä opettaja. Kannustava, tasa-arvoinen. Hän oli Kaijunkin opettaja myöhemmin. Olin tyytyväinen, lapset olivat tyytyväisiä. Kaikki toistaiseksi hyvin. Opitte monta hyvää taitoa. Kaiju oli hyvä piirtämään, kuvaamataito oli kymppi.

Aikuisena Kaiju oli palkanlaskijana kaupungilla. Maiju oli kaupan kassana, ennen kuin meni naimisiin ja perusti oman perheen. Nyt on lapsia 3. Olen siis isoäiti. Eli mummo. Aika hyvin lapsiltani, laskupäätä molemmilla. Itse olin vaan hanttihommissa ja kotiavustajana.

Isänne jatkoi tissuttelua viinan kanssa. Minä kirjoitin runoja. Nyt vasta ovat valmiit, 2016 valmistuivat lopullisesti. Sanonkin kirjassani, että minua inspiroi lasten saaminen, äidin kuoleminen sekä aikaisempi nuoruuden avioero. Olin huolissani touhuistani, kun jatkui monta vuotta, että se on teiltä lapsilta pois. En tiedä, oliko. Voi olla. Olin niin keskittynyt kirjoittamiseen. Ajattelin, että olen hulluksi tullut. Halusin hoitoon, minkä mies sitten mahdollisti. Ensin kirjoitin käsin, sitten kirjoituskoneella. Nyt tietokoneelle. On se vaan hyvä rakkine, tietokone. Sen monipuolisesta tarjonnasta en osaa etsiä kun murto-osan.

Oli se vaan minulle onnellista aikaa, kun lapset olivat luona vielä. Nyt ovat maailman turuilla. Tai omassa kodissaan, ei kumpikaan ole hukkateillä. Kuitenkin kaikki on kohtuu hyvin. Kaiju luki merkantiksi, kolmevuotinen koulu. Aika hyvin romanitaustaiselta tytöltä. Maiju luki melkein kokiksi. Lapsenlapset ovat ilahduttaneet minua tosi paljon. Kyllä odotinkin niitä. Kaijulla on hyvät välit ex-mieheensä, joka on sukuakin. Olivat 5 vuotta yhdessä. Maiju elää perheensä kanssa. Mies käy töissä. Sossusta ei haeta mitään.

Vielä lapsuudesta. Aika ehkä kultaa muistot, mutta minä oli silloin onnellinen, kun olitte pieniä ja vähän suurempiakin. Hyvä kun pärjäätte omillanne. Oli hanki valkoisempi, taivas sinisempi. Metsä vihreämpi. Teidän lapsuudessanne. Maantiet lyhyempiä, meri sinisempi.

Kävimme Puotilan rannassa uimassa, olimme siellä monta tuntia. Meillä oli eväät mukana. Isänne kävi päivisin töissä, ei joutanut mihinkään rannalle. Otimme aurinkoa, juttelimme ihmisten kanssa. Kyllä oli ihanaa. Valoa ja aurinkoa. Hiekkaa ja merta, joka oli kaunis, sinivihreä pärskyessään, kun joku meni ohi moottoriveneellä. Uimaranta oli kesän kohokohtia. Maata auringossa ja uida. Puotilan rantaan oli matkaa noin kaksi kilometriä meiltä. Ainakin isompina mentiin pyörillä sinne ja Itikseenkin asti.

Kerran kun mentiin, vaunuissa ollessanne, niin molemmat lensivät viiden kuukauden iässä vaunuista ulos molemmat. Eri aikaan, mutta molemmat. Samanikäisinä. Eri aikaan tietysti. Se oli tosi kauheata. Ja kerran mentiin Kaijun kanssa minun pyörällä alamäessä, mentiin lujaa, ilman jarruja. Ilman jarruja. Isänne ei koskaan korjannut ajoissa, pyynnöstäni huolimatta. Unohdin, ettei ollut jarruja. Ambulanssin joku soitti. Kaiju lensi pitkän matkaa satulasta maahan. Minä sain asfaltti-ihottumaa. Kaijun ei käynyt kuinkaan. Selvisimme säikähdyksellä. Kyllä kadutti, kun ollenkaan menin jarruttomalla pyörällä. Minun piti taluttaa pyörää alamäessä, mutta unohdin sen. Jouduimme Malmin sairaalaan tutkittavaksi. Kun haavani oli puhdistettu ja Kaiju tutkittu, pääsimme kotiin. Isänne haki meidät. Isänne oli taitava nikkaroimaan kaiken näköistä. En ymmärrä, miksei korjannut jarruja. Jälkikäteen kyllä.

Isänne oli tarkka ruokailussa. Kaikki piti syödä, mitä oli lautasella. Kerran otti yhteen Maijun kanssa. Hitto kun sai pelätä, kun lotrasi viinankin kanssa. Sai pelätä, mitä sieltä oikein tulee. Olinhan itsekin mielenterveydestä kärsinyt elämässäni. Mutta teidän lapsuudessanne voin erinomaisesti. Paitsi sitten myöhemmin, kun kirjoittaminen alkoi rassata. Isänne passitti minut vain kuukaudeksi hoitoon.

Yläkerran miehen kanssa isänne jakoi viinat, kunnes raitistuivat molemmat. Sitten en enää saanut selkään. Jätti tupakatkin pois. Yläkerran mies oli aikamoinen velikulta, mutta kanteli isännöitsijälle meidän kissoista, minkä ymmärtää. Sieltä kävi tarkastaja, joka totesi: kissanpoikaset ovat hyvässä kunnossa. Annettiin ne pois. Ne oli sitten suloisia. Joskus myytiin. Surku oli antaa ne pois, kun oli ensin kasvattanut ne luovutusikäisiksi.

Maijua ja Kaijua kiusattiin ala-asteellakin. Yläasteella Kaiju oli änkstimpi. Eivät uskaltaneet kiusata. En silloin tiennyt, että teitä kiusattiin. Olisimme isänne kanssa puuttuneet kanssa siihen, soittaneet tai käyneet koululla. Mutta monet opettajat eivät piittaakaan. En ymmärrä, miksei siitä voitu kotona sanoa. Meistä se johtui. Meidän vanhempien vika se oli. Maiju sai peruskoulun käytyä, yläasteen ja kaikki.

Koulussa oli menoja kaikenlaisia. Luistelua, Heurekaan menoa. Kuudennella luokalla Maiju kävi koulun kanssa Ähtärissä. Kaijullakin oli leirikoulua, mutten muista missä. Majoitus oli aika huono, jotain semmoista. Olin 34, kun sain Maijun, ja 38-vuotias, kun sain Kaijun. Syntymäajat. Maiju syntyi 21.2.86 Naistenklinikalla. Kaiju syntyi 16.3.91. Viiden vuoden ero. Toivottavasti silti oli iloa toisistanne. Raskaudet sujuivat melko normaalisti. Kävin neuvolassa, äitiysneuvolassa. Talvi tuli, lumi suli, tuli kevät. Kesäpurot rallatteli leikkikentälle mennessä. Tuli kesä, syksy. Kaikki vuodenajat. Kaikki vuodenajat joka vuosi. Elettiin vaiherikasta elämää. Teidän lapsuuttanne.

Maiju kävi isänsä kanssa Kauppatorilla julkisilla. Kävimme yhdessä Pekan paatilla. Saatiin tuoretta kalaa. Silloin, kun Maiju oli vielä pieni, käytiin myös Korkeasaaressa ja Pihlajasaaressa. Kun ei ollut kaupungin asuntoa vielä. Kaijunkin kanssa käytiin Korkeasaaressa. Mutta meillä oli silloin visusti kaupungin asunto. Kun Maiju syntyi, minulla oli rannekamera. Sain otettua joitain kuvia Maijusta. Sitten kamera meni rikki. En hankkinut uutta kameraa tilalle. Sitten hankittiin vene. Sellainen 50 tonnia painava vene. Siinä koettiin elämyksiä. Aurinko nousuineen ja laskuineen. Olihan hienoa olla merellä. Meri on niin kaunis, niin kuin lapsenikin oli. Sillä veneellä kävimme Suomenlinnassa. Kävimme ravintolassa. Sitten käytiin Kaunissaaressa. Vartiokylän saaressa. Yövyimme siellä. Me oltiin Maijun kanssa pikkuisessa mökissä, kun eräs mies alkoi riehumaan juovuspäissään. Oli mukana myös tyttökaverinsa. Mies aina ryöhäsi minun päälle. Pakko mennä karkuun. Kävimme monessa saaressa, missä vain oli kalliota. Yövyimme veneessä tai teltassa. Veneessä oli makuupaikat.

Mieheni rakensi pöydän missä oli tilaa vähänkin, sellaisen retkipöydän. Ihmettelin sitä, miten uskalsi joka paikkaan laittaa. Kallion kielekkeelle. Grillasimme ja söimme pihvejä. Kannoin sinua Maiju reppuselässä. Mieleenpainuvaa. Rakastin sinua kun olit reppuselässä, niin pienenä. Pahasta maailmasta tietämättömänä. Olit tosi suloinen pellavapää. Veneessä oli vessat, keittomahdollisuus ja makuupaikat. Maijulla oli pienenä niin kihara tukka, ettei sitä saanut mitenkään laitettua. Ja punainen, isot punaiset kiharat. Otin niistä talteen jotain. Myöhemmin nuorimmalla tytöllä oli poikatukka, ihan kun ajettu. Meni aikansa, ennen kuin kasvoivat. Vaalea tukka kummallakin. Nyt kummankin tukka eli hiukset ovat vähän tummuneet. Kaijun enemmän. Nyt muistan, miten kävin Itiksen lukiossa. Kaiju teki Irina-nimisen tytön kanssa leikkiruokaa intohimoisesti, oikein huvitti. Olitte jo isoja tyttöjä Irinan kanssa. Toisella pihalla.

Kävin peruskoulua uudelleen, mutten suorittanut sitä. Selvisin vain ruotsista, maantiedosta ja historiasta.

Silloin, kun Maiju oli pieni, saaressa oli lihansyöjäkasveja. Koetin tikulla, ja sulkeutuihan se. Sellaisia luonnon ihmeitä. Muistan, miten auringon laskut ja nousut olivat kauniita. Oli purppuranpunaisena taivas. Kauniimpaa saa hakea. Paitsi te lapset tietysti. Kerran matkustimme Kotkaan Markun luo, isänne kaverin luo veneellä. Hyttyset söivät sinun naamasi aivan paukamille. Kävimme lääkärissä takaisin tultuamme. Antibioottikuurille jouduit. Mutta takaisin tullessamme oli kova myrsky. Isänne ohjasi veneettä seisoviltaan. Seitsemänmetrisiä aaltoja. En silti pelännyt. Hullu kai olenkin ja olin. Isänne suunnisti jonkun kartan mukaan. Navigoi. Nukuit kovassa myrskyssä, suojapuvussa, autuaan tietämättömänä vaarasta. Rantaan selvittyämme huokasimme helpotuksesta. Poliisit olivat rannalla jostain syystä, mutta eivät sanoneet mitään meille. Katsoivat vain pitkään. Siinä oli todella vaaralliset paikat.

Olimme me sinun kanssa Maiju kalassakin. Saatiin pieni ahven, mutta heitimme sen takaisin, kun se oli niin pieni. Onnistumisen tunteitakin tuli monesti.

Maijun tyttö menee syksyllä eskariin. Jännää sekin. Kaiju asuu Käpylässä. On nyt Indonesiaan menossa uudelleen. Minua hirvittävät pitkät lentomatkat ja turvallisuus siellä. Onko matkarahaa tulla pois? Sai liitolta jonkin verran rahaa, kun oli kaksi vuotta yhtä soittoa palkanlaskijana. Varmaan puuduttavaa työtä. En tiedä, miksi en muista Kaijusta niin paljon kuin Maijusta. Neuvolassa kävitte. Saitte rokotukset pakolliset. Paljonhan lapsuuteen mahtuu näin äidinkin silmin, mitä ei muista. Siitä on jo aikaa 30 vuotta.

Olin iloinen, kun Kaiju syntyi. Ylpeä äiti. Kätilö sanoi, että Kaiju on valkoihoinen. Kirjoitti sen papereihin. Kaiju oli tosi valkoinen. Ei yhtään punakka niin kuin Maiju.

Maijua ei haitannut, vaikka tuli toinenkin lapsi, joka vei huomion. Melkein aina huomio oli Kaijussa. Olin pahoillani asiasta. Mutta ajattelin, oli minullakin siskoja ja veljiä, eikä se pahemmin haitannut. Kaiju oli päälle vuoden, kun oppi kävelemään. Aika myöhään. Hampaitakin kasvoi silloin. Kävimme neuvolassa säännöllisesti. Paino ja pituus olivat normaalit. Keskitasoa. Kävimme kolmisin neuvolassa. Maiju oli 48 senttiä pitkä. Kaiju oli 52 senttiä pitkä. Ihania molemmat. Olitte ihmisen alkuja, herkkiä ja hienoja.

Voisitte satuttaa itsenne, kai pieniä kolhuja olikin. Maiju sai haavan otsaansa, siihen laitettiin kiinnityslaastari ja se parani aikaa myöten itsekseen. Maiju sai ensimmäiset lasit neljävuotiaana. Silmälääkärissä käytiin isän kanssa. Siitä lähtien on ollut silmälasit ja on vieläkin. Kaijulla ei ole laseja eikä niitä määrätty. Siinä meni kaksi lasta samalla, tuli hoidettua samalla. Toinen toistensa vanavedessä. Molemmat oppivat uimaan siinä neljän vanhana leikkikentän lasten altaassa.

Jos toden sanon, niin kävin lähetysavun kirppareilla usein. Uusiakin vaatteita löytyi.

Talvisin laskimme mäkeä läheisessä mäessä. Pulkalla ja kelkalla. Autoja ei siinä kulkenut, vaikka tie olikin. Aika pienenä kavereita löytyi. Aina synttäreillä sen huomasi. Timjami ja Minna olivat Kaijun kavereita. Ovat Minnan kanssa tätä nykyä käymässä ulkomailla yhdessä. Kaiju on 26-vuotias. Maiju on 31-vuotias. Kumpikaan ei tykkää, kun ikää tulee. Minulle se on hyvä vaan, että saavat ikää ja pääsevät emäsulille, niin kuin sanotaan.

Haluaisin elää vielä, kun molemmat ovat 40–50-vuotiaita, se olisi hienoa. Olen nyt 64-vuotias ja asun Kajavassa, kun kirjoitan tätä.

Maiju meni rippikouluun. Kummitäti oli konfirmaatiotilaisuudessa. Kummitäti kävi myös Tallinnassa Maijun kanssa ja uimassa, ostoksilla jouluna, ja toi joululahjoja molemmille tytöille. Myös syntymäpäivinä muisti.

Naapurin täti kävi Kaijun kanssa uimassa. Oli viinaan menevä. Kai se osasi olla lapsen kanssa selvin päin. Tarhassa otettiin kuvia, myös kaverikuvia. Maijun kaveri oli ainakin Piia, Iida, Miako se oli. Rahaa meni. En käynyt töissä itse, olin kotiäitinä. Lasten isä oli vihainen minulle. Toisinaan löi minua. En ikinä ymmärtänyt, miksi. Kai kun olin mustalainen. Erirotuinen. Ehkä siksi. Humalapäissään. En tänä päivänä tiedä, miten suhtauduitte siihen.

Varmaan torjuttua kauhua. Myöhemmin mies lakkasi juomasta ja lyöminen jäi. Tupakanpoltto jäi. Oli kerta kaikkiaan raitis mies. Ihan eri ihminen kokonaan. Melkein koko ikänsä juonut. 40 vuotta. Nyt ei koske viinaan, edes saunakaljaan niin kuin ennen. Muuttunut mies. Hyvä, että raitistui. Minä vedin kyllä tupakkaa. Eiköhän keuhkosyöpä korjaa minut ennen pitkää. Kukaan ei tiedä elinpäivistään, kun nuoretkin menevät aikaisin.

Kavereiden luona olitte koulupäivän aikanakin, paljon päivässä, joskus yökylässäkin. Teillä oli sama punainen tyttöjen pyörä, jota ajoitte pitkään. Tietenkin Kaijullakin oli kolmipyöräinen ensin. Sitten tyttöjen pyörä. Punainen pyörä varastettiin Timjamilla. Minä annoin kiellon käydä siellä. Siitäkös Kaiju suuttui. Olinkohan pikkumainen. Kaiju ja Timjami olivat koulukavereita. Melkein rakastivat tosiaan. Sääli. Kävin siellä sisälläkin, Timjamin kotona. Muutaman kerran. Taisi olla omakotitalo. Hienoa oli. Timjamin isä oli ulkomaalainen. Rakkaat ystävät olivat. Kävivät toistensa syntymäpäivillä. Taisi käydä meillä kotonakin. Niin oli ihania syntymäpäivät. Leluja, lahjoja, kaikenlaista tuli lahjaksi Maijulle ja Kaijulle. Lahjoja tuli aina paljon. Lahjapöytä täynnä.

Kaiju satutti solisluunsa. Kun naapurin rouva sanoi mulle, että älä anna lapsen ripustautua, työnsin sinua poispäin itsestäni. Siinä se sitten sattui. Meillä oli molempiin lapsiin hieno suhde. Mutta jouduttiin menemään Auroraan, joka oli lastensairaala silloin. Solisluu murtui ja sai parantua ajan kanssa itsekseen. Sait kädelle kantositeen. Olit noin kaksivuotias. Helvetti että kadutti, kun kuuntelin sitä rouvaa. Mutta se oli kavereita, pienen lapsen äiti kanssa. Koetin hyvitellä sinua siitä syystä enemmän. Mutta kipeähän se oli. Kauheata! Pahoinpitelyä suorastaan. Vahinkohan se silti oli. Että oli syyllinen olo.

En ole saanut mitään ihanampaa kuin teidät. En tule saamaankaan. Olitte niin rakkaita minulle ja isällenne. Varsinkin minulle, kun olin tehnyt teidät. Oliko mitään suloisempaa? En ole eläissäni nähnyt ihanampia kuin te kaksi olitte. Lapsenlapsenikin ovat tosi kauniita, mitä tekin olitte. Kaikki sanoivat niin. Tosi kauniita ja kilttejä lapsia.

Myöhemmin Kaiju meni rippikouluun Lapualle Minnan kanssa. Rippikoulu jäi kesken. Sait lähteä, kun tupakoit. Siellä oli aika ankarat säännöt. Et myöskään tykännyt olla siellä, joten tulit kotiin. Kai Maijukin röökasi. Mutta niin on erilaista eri paikoissa. Sitten kun olitte siinä kuuden seitsemän korvilla, tarpeeksi vanhoja, saitte tyttöjen pyörät. Varastettiinko nekin, en muista.

On kauheata, kun lapsi menee maailmalle. Muutenkin muuttaa kotoa pois. Kaiju meni noin 19-vuotiaana poikakaverinsa luokse asumaan. Olivat ainakin 5 vuotta yhdessä, kun sitten tuli pänksit. Tapailevat vieläkin, ovat hyviä ystäviä. Maiju meni naimisiin päälle 20 ja on kolmen lapsen äiti.

Minä olen mummo niille lapsille. Käyn tapaamassa heitä silloin tällöin. Rakkaita lapsia. Lapseni ja lapsen lapseni kaikki. Vekkuleita oikein. Vaikka tulikin sellainen tunne, että sorsin toista.

Kaiju oppi puolitoistavuotiaana potalle. Tyhjensi potan vielä vessanpönttöön. Olin ihmeissäni. Tosi ylpeä sinusta. Ihan pienenä Maiju teki potan viereen aina. Ihmettelin sitäkin. Mutta lapset on erilasia, niin kuin raskaudetkin. Odotusaikakin. Lapsen luonne näkyy raskauden aikana. Maiju potki suloisesti oikealle puolelle, kun Kaiju potki tosi teräviä potkuja keskelle. Oikein sattui. Tuntui, että on kiire. Kaiju potki tosi teräviä potkuja. Maijun raskauden aikaan ei ollut kiire minnekään massusta.

Vasta myöhemmin saitte nimenne. Ei lukenut kummankaan lahkeessa nimi. Niin kuin eräs äiti sanoi, että luki lahkeessa lapsen nimi. Nyt olette aikuisia ja tavataan usein. Kaikki on hyvin. Tapaan lastenlapsianikin. Elämä jatkuu hyvää rataa. Olen tyytyväinen.

Kirjoittanut: Helli Karimus.